KB213910

최고심

모든 사람들이 행복하기를 바라는 마음을 담아
모양도, 색깔도 제각각인 알록달록한 캐릭터들을 통해
여러 가지 이야기를 그리고 이런저런 물건들을 만들고 있습니다.

최고심의 목표는 여러분의 행복!

맡은 바 저의 임무를 완수하기위해
앞으로도 여러 가지 재미있는 일들을 해나갈 거랍니다.
이 세상이 하트로 가득 찰 때까지!

인스타그램 @gosimperson

도치의 요모조모 내 맘 탐구일지

초판 1쇄 발행일 2021년 12월 14일 | **초판 7쇄 발행일** 2024년 12월 2일

글/그림 최고심 | **펴낸이** 김석원 | **펴낸곳** 도서출판 밝은세상

출판등록 1990. 10. 5 (제 10 - 427호) | **주 소** (10881) 경기도 파주시 문발로 119, 202호

전 화 031-955-8101 | **팩 스** 031-955-8110 | **메일** wsesang@hanmail.net

블로그 blog.naver.com/balgunsesang8101 | **인스타그램** www.instagram.com/wsesang

ISBN 978-89-8437-435-5 00810 | **값** 22,000원 | 잘못된 책은 구입한 곳에서 교환해 드립니다.

도치의
요모조모
내맘 탐구일지

글/그림 최고심 ◇

탐구일지 사용법

알쏭달쏭 나조차 내 마음을
모를 때 있지 않아?

나는 이런 사람인 것 같기도 하고,
저런 사람인 것 같기도 하고
가끔은 내가 어떤 사람인지 알 수 없을 때도 있어.

앞으로 평생 함께할 '나'는
내가 제일 잘 알아야 하지 않을까?!

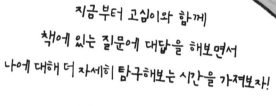

지금부터 고심이와 함께
책에 있는 질문에 대답을 해보면서
나에 대해 더 자세히 탐구해보는 시간을 가져보자!

대답하기 어려운 질문도,
쉬운 질문도 있을 거야.

하지만 하나하나씩 대답을 하다보면
네가 뭘 좋아하는지, 네가 어떤 사람인지
조금 더 알 수 있는 시간이 될 거야!

탐구일지준비물

준비물은 필요 없어!

오직 네가 좋아하는 펜 하나,

그리고 질문에 솔직히 대답 할 수 있는
네 마음이 준비되어 있으면 더 좋아!

탐구일지 규칙

지금부터 우리의 애칭은 ___도치!

네가 어떻게 불리면 좋을지
도치 앞에 붙을 수식어를 정해줘!
(나는 고심도치야 ^o^)

이제부터 우리 같이 도치가 되어
'나'에 대한 탐구를 시작해보자!

도치 혼자서도 잘하지만
함께하면 더 잘할 수 있겠지?

그래서 도치 너와
탐구를 함께할
친구들과 지도도 준비해놨지!

너의 맘속에는 4명의 친구들이 살고 있대.
매력 넘치는 미두미, 쇼티, 부기, 맘마!

도치 너에게 궁금한 게 참 많은
호기심대마왕 친구들을 소개할게!!

미두미

자기소개가 세상에서 제일 어려운 곰.
특별히 잘난 점도, 못난 점도 없어.
남들이 좋아하는 건 나도 좋고,
남들이 싫어하는 건 나도 싫은 것 같아.
언제나 미지근한 미두미의 인생.
이런 미두미도 뜨거워 질 수 있을까?
그런데... 꼭 뜨거워 져야 하는 걸까?

도치야 만약 여름이 사라진다면
여름을 어떻게 기억할 거야?

다양한 여름 과일들....!

듣기만 해도 시원한 여름 노래들,

살짝 꿉꿉하면서도 달콤한 여름밤 공기,

풀벌레 소리~ 그리고 아무 걱정 없이

행복했던 여름 방학으로 기억할래!

노란색 니트, 보라색 양말!
오늘은 좋아하는 색으로 된 옷을 입어보자

빈티지 숍에서
발견한
뜨개 모자

오래 되었지만
편안한 니트

신으면
포근해지는
보라색 양말

이름 모를 누군가에게 편지를 써서 바다에 띄운다면! 무슨 말을 써서 보내고 싶어?

To.

사실은 아닌데, 주위 사람들이 가진
도치 너에 대한 편견은?

도치 넌 요즘 누구랑 가장 많은 시간을 보내?

알러뷰~♥

도치 네가 행복했던 기억이 있는 장소는?

정말로 행복했지~

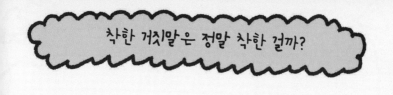

소풍가기 전날 도치 넌 무슨 생각했어?

여기 평생 누군가를 떠나보내야 하는 바위와

평생 누군가를 떠나야 하는 바람이 있어.

과연 누가 더 외로울까?

둘 중 하나가 되어야 한다면 도치 넌 누가 되고 싶어?

돌이 더 외롭지 않을까?
나는 가만히 있는데 누군가
끊임없이 나를 떠나가면,
난 자꾸만 날 의심하게 될 것 같아.
결국 나조차도 나를 떠나게 되면
정말 외로울 것 같아...

이 세상 아무도 도치 너의 마음을 몰라주는 것 같아
속상했던 순간

아무도 내 맘 몰라...

도치 너랑 가장 닮은 동물은?

사랑이 눈에 보였던 순간

지난주에 쇼티랑 만났는데 쇼티가 좋아하는... 애니멀보이즈인가? 그분들의 앨범을 사러 갔거든! 그 앨범을 뜯어보는 쇼티를 보고 '아 저게 사랑인가?' 생각했어. 무언갈 좋아한다는 건 정말 큰 힘이야!

이런 사랑은 되지말자

도치야 만나면 재미있는 사람과 아닌 사람의 차이는 뭐야?

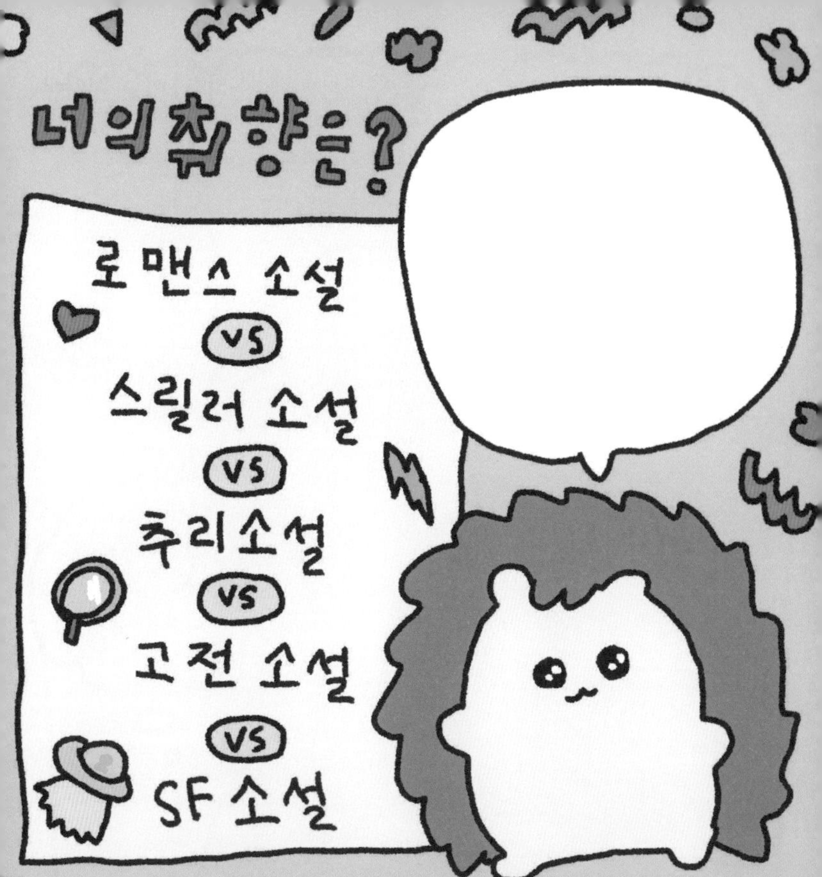
너의 취향은?
로맨스 소설
VS
스릴러 소설
VS
추리소설
VS
고전 소설
VS
SF 소설

지금 거울을 보자. 거울 속 도치 너의 모습은 어때?

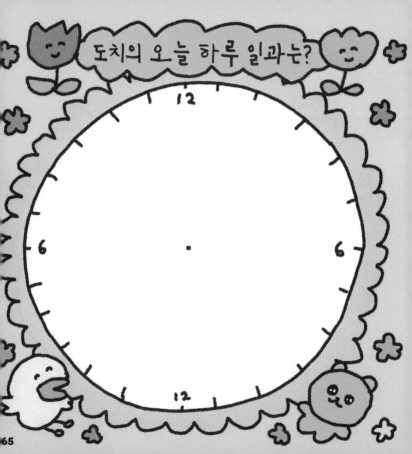

보기만 해도 입꼬리가 올라가는 사람이 있어?

누군가에게 날 설명한다면?

난 동글동글하고 갈색 털을 가졌어~

그냥 다른 곰들이랑 비슷하게

생긴 것 같아... 크게 좋아하는

것도 싫어하는 것도 없고

세상에서 제~일

평범한 곰일 것 같아...

오늘은 뭔가 원래 내려야 할 정거장보다
한 정거장 먼저 내리고 싶다! 무슨 생각을 해볼까?

08

83

도치가 엉뚱해지는 순간

오잉?

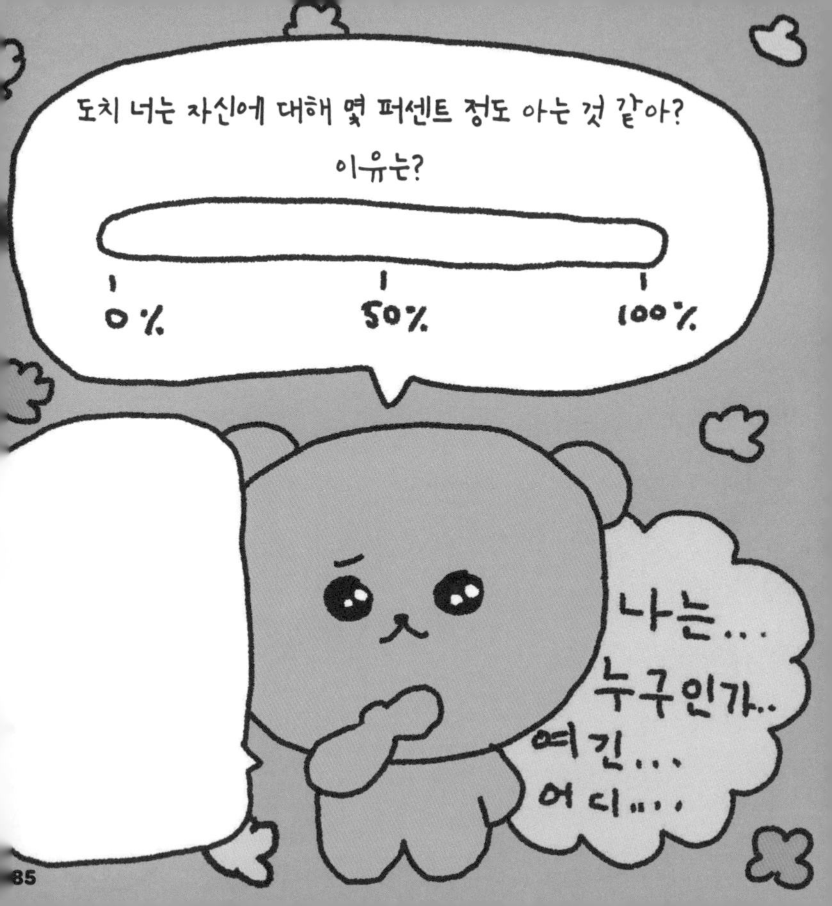
도치 너는 자신에 대해 몇 퍼센트 정도 아는 것 같아?
이유는?
0%
50%
100%
나는...
누구인가..
여긴...
어디....

다른 언어를 자유롭게 구사할 수 있게 된다면 어떤 언어를 써보고 싶어? 이유는?!

멍! 야옹 야옹

명언이군...

도치 너의 최애 치킨 브랜드는 뭐야?

088

힘들 때 위로를 받으려는 편이야,
아니면 숨기는 편이야?

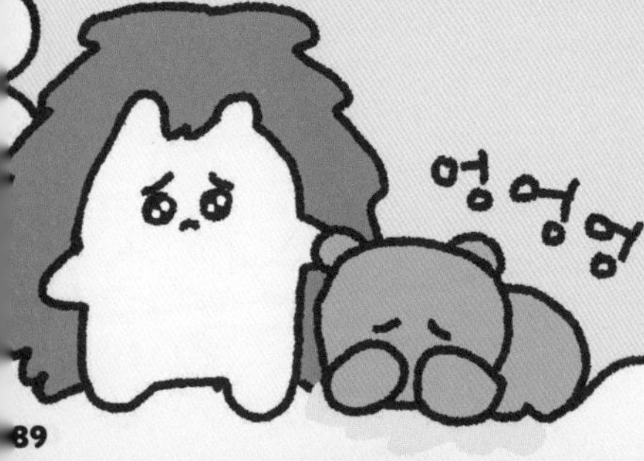

난 이렇게
태어나 보고 싶어

MONDAY

월요일에 대해 이야기해보자

도치 네가 일 년 중 가장 좋아하는 시기는?

93

월급을 많이 받아도
못 할 것 같은 직업이 있다면?

09

언제나 내 편인 줄 알았던 사람이 내 편이 아니었던 순간

샤워할 때 무슨 생각해?

핸드폰이 말을 할 수 있으면 도치 너에게 뭐라고 했을 거 같아?

남들에게 없는 도치 너만의 사소하지만 독특한 능력이 있다면?

쇼티

Music is my Life....♪
이 세상의 모든 음악을 사랑하는 토끼.
아이돌 '애니멀보이즈'의 엄청난 팬이야.
맘속 한편에 아이돌의 꿈을 품고 있지.
다른 토끼들에 비해 유난히 귀가 짧고 작아서
가끔은 속상해 하지만 그만큼
귀를 쫑긋 세워서 친구들의 말을 듣는다구!

도치 너랑 너무 찰떡이라 너만을 위해 만들어진 것 같은 노래가 있어?
이 노래 제목부터 딱! 날 위한 노래야. 난 음악 없이 못 살거든, 그러니 음악은 내 인생인 셈이지~ 엣헴!! 그리고 애니멀보이즈 짱!
애니멀보이즈
음악은 내 인생
애니멀보이즈(ABZ)

"난 좋아하는데 다른 사람들은 왜 안 좋아할까?" 도치 네가 유행시키고 싶은 게 있다면?

당연히!!!! 애니멀보이즈 노래지~! 진짜 너무 너무 좋은데... 사람들이 잘 몰라서 슬퍼... 멜로디, 가사 그리고 컨셉까지 완전 완벽한데... 다들 애니멀보이즈 해주라!

FAVORITE THINGS

13

도치 너에게도 잠 못드는 밤이 있었어?

있었다면 잠들지 못했던 이유는 뭐야?

주변에서 생각하는 도치 너의 이미지를
과일로 표현한다면 무슨 과일일 것 같아?

도치 넌 잠들기 전 꼭 해야 하는 게 있어?

지금 첫사랑과 마주친다면 어떤 말이 하고 싶어?

도치의 전시회

살면서 도치가 제일 잘한 일은?

참~
잘했어
요^ㅅ^

31

13

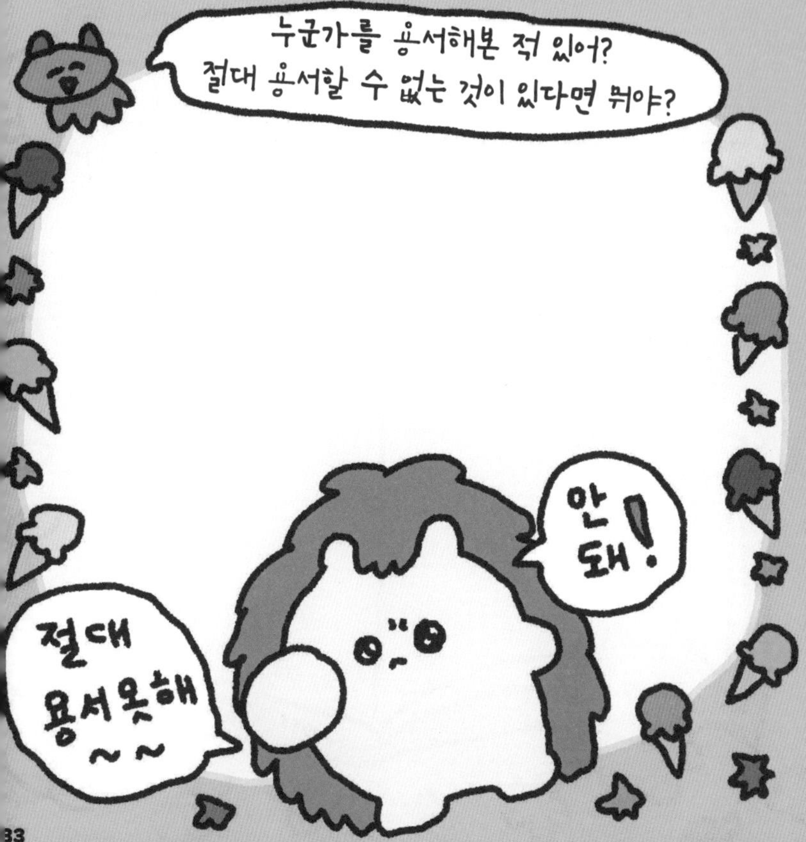
누군가를 용서해본 적 있어?
절대 용서할 수 없는 것이 있다면 뭐야?
안 돼!
절대 용서못해 ~~

도치 네가 어렸을 때 읽은 동화책들 중
가장 기억에 남는 게 있어?

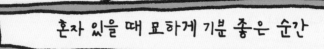

혼자 있을 때 묘하게 기분 좋은 순간

13

사람은 다 똑같은 것 같다고 느꼈던 일이 있을까?

똑같아

허걱

도치 너를 기분 좋게 만들어주는 소리가 있어?
애니멀보이즈 노래
보글 보글 찌개 소리
일렉기타 소리
얼음을 오도도독 씹어먹는 소리
슬라임 만지는 소리
날 칭찬해 주는 모든 목소리
책장 넘기는 소리

처음 영화관에 갔던 날 기억 나?

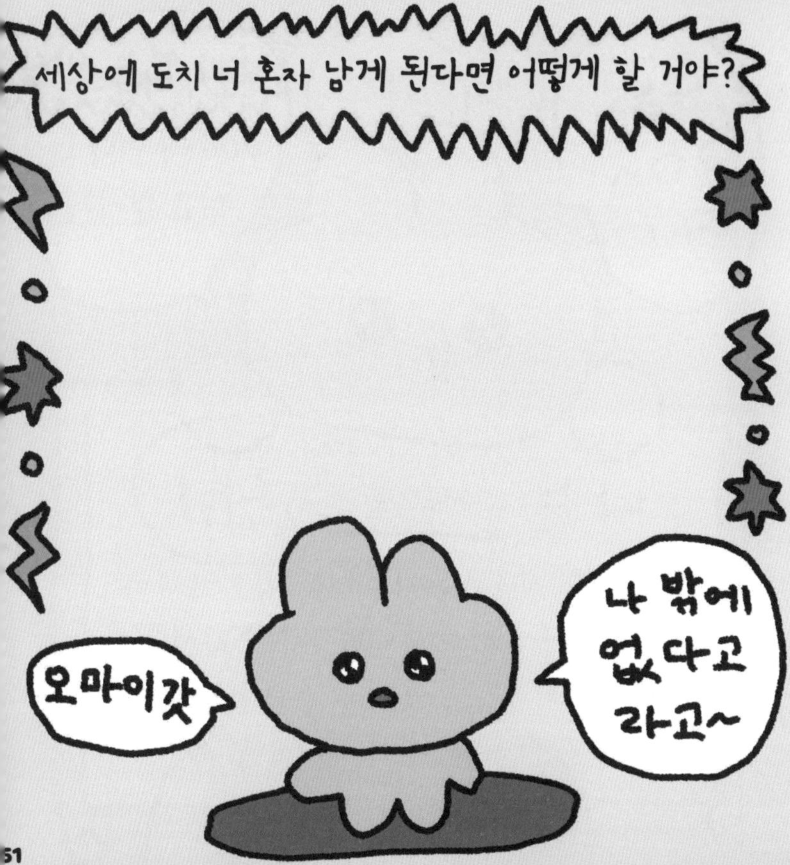
세상에 도치 너 혼자 남게 된다면 어떻게 할 거야?
오마이갓
나 밖에 없다고 라고~

도치 너의 핸드폰 앨범에는 사진이 몇 장이나 있어?
가장 처음 찍은 사진은 뭐야?

앨범

_____ 장

55

159

도치 너 자신이 너무 귀엽게 느껴졌던 순간이 있어?

159

화글화글

주변 시선에 상관없이 펑펑 울어본 적 있어?

엉엉

으앙

도치 네가 마지막으로 보낸
카톡 메시지는 뭐야?

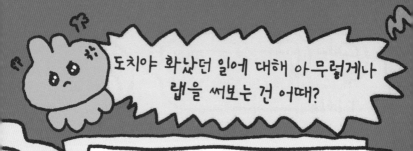

도치야 화났던 일에 대해 아무렇게나
랩을 써보는 건 어때?

Title _ 용서 못 해 (YOU)

용서 못 해! (못 해) 용서 못 해 (Yeah!)
니가 뭔데 나를 시험해 (말도 안 돼)
비가 온대 너의 시험지 (다 틀렸대)
하지만 아임 슈퍼스타! 슈팅스타!
뼛속까지 반짝거려 눈부셔 깜짝!
선글라스 준비해 알아서~! (암 레디)
결국 내가 다 이겨~ 그래도 안 해 용서!

시험보기 5분 전, 도치 너의 모습은 어때?

미친듯이 공부파

아무생각 없음파

마인드 컨트롤파

178

내년 이맘때 도치 넌 뭐하고 있을까?

난 아마~ 노래하고 있지 않을까?! 내년에 열릴 '슈퍼토끼K'에 나갔을 수도 있겠다! 뭐든 노래하고 있을 이 몸 너무 멋져!

짱!

내년의 나

17

내년의 나

오늘 도치 널 가장 행복하게 만든 일은?

영화, 드라마 뭐든 좋아! 아직까지 도치 네 기억에 남아 있는 명대사가 있다면 알려줄래?

시끄러운 명폐소음준

오 캡틴, 마이캡틴

83

오늘을 기념일로 만들어보자! 무엇을 기념할 수 있을까?

다른 사람의 마음을 들을 수 있다면 도치 넌 누구의 마음이 궁금해?

부 기

언제나 느긋하고 여유로운 거북이.
어른스러운 부기는 친구들 사이 선망의 대상이야.
이런 부기 역시 남들보다 느린 속도 때문에
말 못 할 걱정이 많다는 건 아무도 모를 걸.
하지만 사실 걱정할 필요는 없어.
부기는 항상 느리지만 정확한 길로 가고 있으니까.

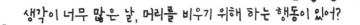

생각이 너무 많은 날, 머리를 비우기 위해 하는 행동이 있어?

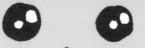

뜨거운 물에 샤워.
그리고 계속 엉금엉금 걸어... 아무
생각도 안 날 때까지~! 몸이 힘들면 머리가
자기까지 힘들게 만들기 미안한지 좀 괜찮아져.

도치야! 어릴 적 친구들이랑 했던 놀이 중에 기억나는 거 있어?

193

도치 네가 특별히 좋아하는 사진이 있어?

이 사진은

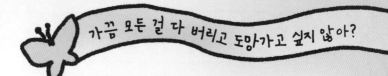

가끔 모든 걸 다 버리고 도망가고 싶지 않아?

도치 넌 산타의 존재를 몇 살까지 믿었어?

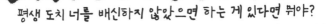

배신은 죽음뿐

있지, 세상엔 생각보다
크고 작은 배신이 엄청 많은 것 같아.
지금까지 단 한 번도 날
배신하지 않았던 건 딱 하나!
바로 내 노력 ✖ 내가 노력한 만큼
항상 보답 받았었는데,
노력이 날 배신하면 너무
슬플 것 같아.

도치 넌 언제 봄, 여름, 가을, 겨울 사이사이 계절의 변화를 느껴?

도치야! 네가 광고 모델이 된다면
뭐가 제일 잘 어울릴까?

"_____ 도치, _____ 광고모델 발탁"

03

도치야! 500원을 가장 알차게 쓸 수 있는 방법이 뭘까?

만일 도치 네가 세상을 단 한 가지 색으로만
볼 수 있다면 어떤 색을 선택할 거야?

사실....! 초등학생 때 운동회에서
달리기 할 때, 부모님들도 보고 있고 사람들도
엄청 많이 쳐다보고 있는데 꼴찌하는 게 창피해서
일부러 넘어졌어... 넘어져서 꼴찌한 것처럼
보이고 싶었거든... 근데 엄마가 다 티났대.

도치! 네가 엄청난 부자가 된다면,
지금 가지고 있는 고민이 해결될 수 있을까?

20

도치야 원하는 걸 갖기 위해 '나 이렇게까지 해봤다' 했던 거 있어?

모르는 사람이 도치 너에게 아는 척을 한다면 어떻게 할 거야?

어느 날 갑자기 누군가와 몸을
바꿀 수 있다면 누구와 바꿀 거야?

21

어색한 사람과 친해지기 위한
도치 너만의 비법이 있어?

21

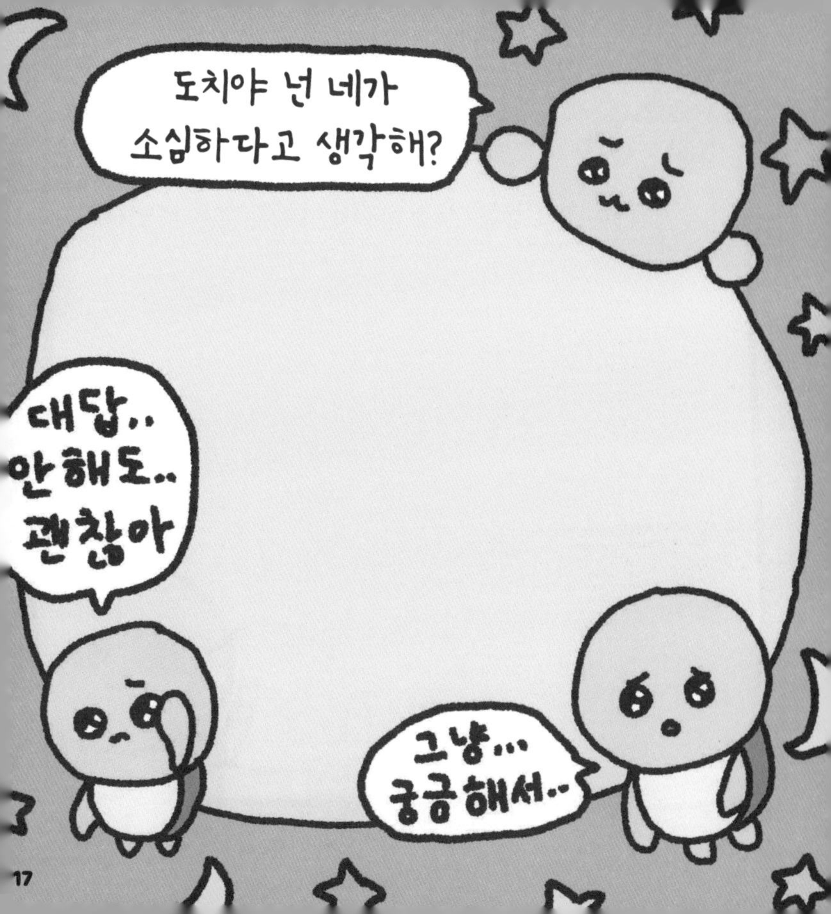
도치야 넌 네가
소심하다고 생각해?
대답..
안해도..
괜찮아
그냥...
궁금해서..

도치 네가 가진 습관 중에 도저히 고쳐지지 않는 게 있어?

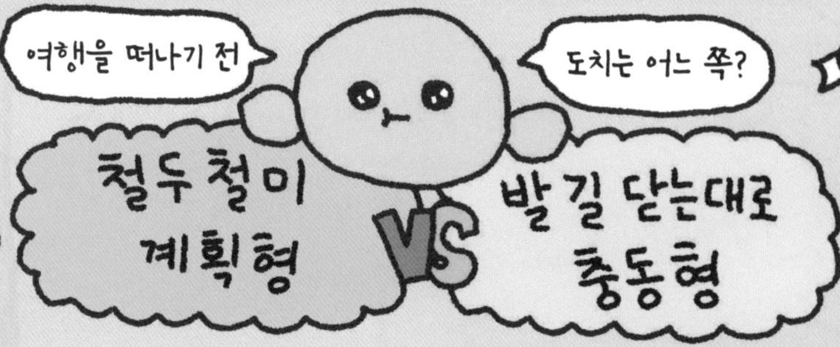
여행을 떠나기 전
도치는 어느 쪽?
철두철미 계획형
VS
발길 닿는대로 충동형

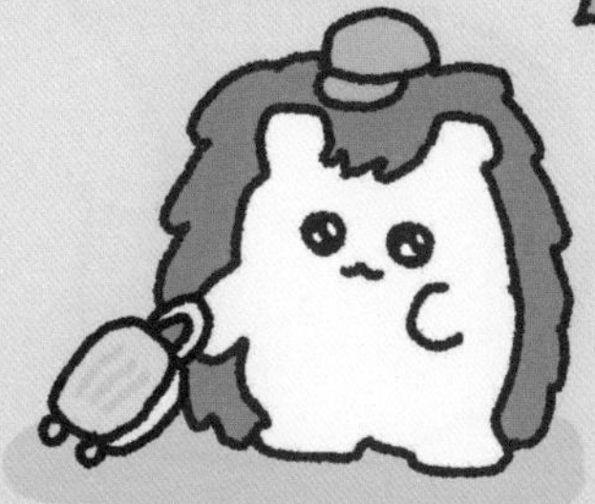

도치야 네가 생각하는 진짜 어른은 어떤 모습이야?
넌 어떤 어른이 되고 싶어?

오늘은 못했지만 내일은 꼭 하고 싶은 한 가지를 적어 보자!

내일은 꼭 하자

21

도치야 괜찮지 않았는데 괜찮다고 말해야 했던 순간이 있어?

내가 빠르지 않다는 거
내가 제일 잘 알고 있거든...!
다들 아무렇지 않게 내 콤플렉스로
농담할 때마다 사실 나 속으로 울었어...

22

도치 네가 어렸을 때 소중히 간직했던
애착인형 아직도 기억해?

도치야! 오랫동안 좋아하고
즐겨본 프로그램이 있어?

22

22

도치 네가 했던 망상을 살짝 알려줘

29

갑자기 태양계에서 퇴출되어 버린 명왕성. 명왕성은
어떤 기분일까? 너라면 어떤 말을 해줄 거야?

70. 명왕성

왕성아! 잘 지내고 있어?
사실 어떤 이유이든지 소속된 어딘가에서
나온다는 건 조금 서글프고 공허해지는 일이지.
그럼에도 불구하고 네가 너무 크게 슬퍼하지 않았으면 좋겠어.
태양계에서 나왔더라도 넌 명왕성 그대로니까.
어디에 소속되어 있든 없든 그저 네 자체가 존재 이유니까.
알았지~ 나는 가끔 네 생각을 할게!

사실 어디에도
소속되지 않은게
오히려 좋아!

-우주 어디선가 멋지게
부유하고 있을 명왕성에게

31

만약 도치 네가 잠을 자지 않아도 된다면
24시간을 어떻게 보내고 싶어?

12

6

6

12

23

만일 도치 네가 디즈니 애니메이션 속 주인공으로
태어난다면, 누구를 선택할래?

23

23

도치 네가 부모님께 처음으로
선물을 사드렸던 순간, 기억해?

어느 날 신이 나타나 세상에 있는 모든 비밀 중 딱 한 가지만 알려준다고 하면 도치 넌 뭘 물어보고 싶어?

비밀 구슬

주말을 최고로 행복하게 보내는 도치만의 팁은?

도치야 세상은 도대체 왜 자기 마음대로 되지 않는 걸까?

세상도 자기 마음이 있기 때문 아닐까?
세상은 하루에도 수만 개의 마음들이
자기 말을 들어 달라고 할 거 아니야?!
그러다 보니 내 마음의 순서가 와야지,
그리고 그 마음이 세상 마음에 들어야지
내 맘대로 되는 게 아닐까 생각해~
참~ 세상 살기 힘들구만!!

왜 그러냐~
세상아

24

맘처럼
되는 일
하나없네..

47

도치야 현생을 망칠 만큼 푹 빠졌던 드라마가 있어?

24

우리만의 암호! 도치 너와 가까운 사람들만 쓰는 유행어가 있을까?

우리만의 암호

캡짱

도치

51

도치야 가장 친한 친구가 돈을 빌려달라고 한다면,
얼마까지 빌려줄 수 있을 것 같아?

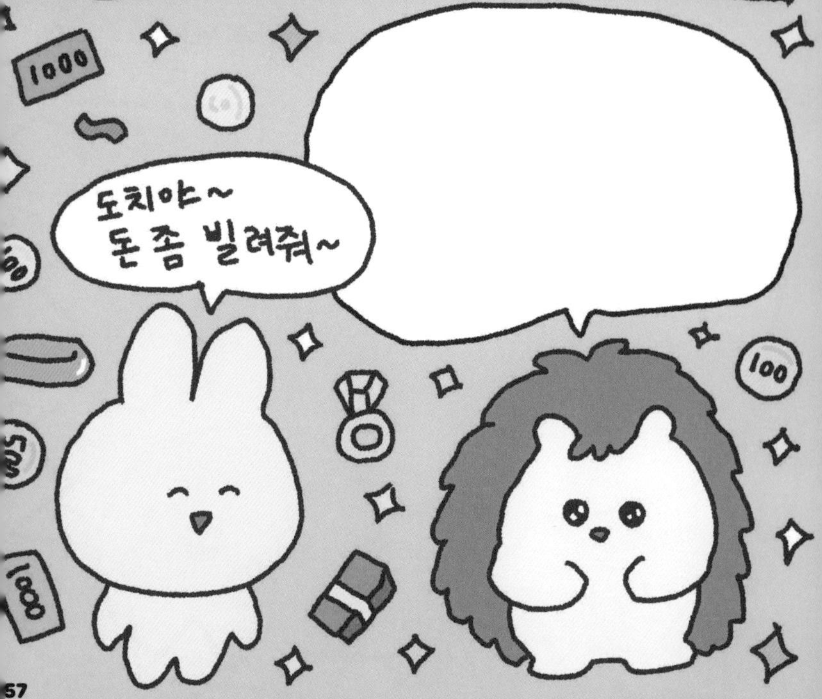

도치야 외로움의 이유는 뭘까? 도치 넌 외로울 때 어떻게 해?

26

누군가 도치 너에게 꼭 해줬으면 하는 말이 있어?

헉.. 듣고 싶었던 말!

오늘도 잘 살고 잘 버틴 도치 너에게 칭찬을 해보는 건 어때?

칭찬합니다

I'm COOL

하기 싫은 일도 결국 해낸 나.
늘 나만의 속도로 과속하지도
멈추지도 않고 묵묵하게
안전 운전하는 나. 부기!
정말 잘하고 있어.
앞으로도 팟팅!

짱

도치 넌 누군가를 질투했던 적 있어? 왜였어?

배터리가 방전된 날... 도치 너를 완충시켜 주는 건 뭐야?

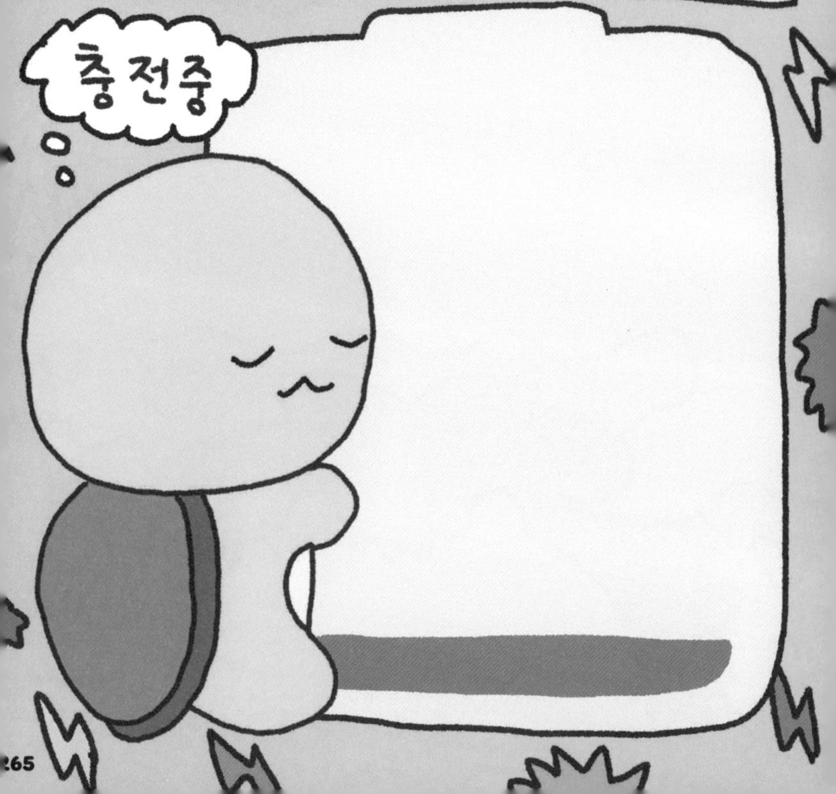

누군가 도치 네게 해준 가장 기분 좋은 말은 뭐야?

도치 네가 누군가에게 상처를 준 적 있어?

도치 너라면 힘들어 하는 친구를 어떻게 위로할 거야?

도치야..
오늘 정말 힘든
날이 었어...
나는 왜 이렇까
잘하는게 하나도
없어...

맘마

일류 요리사가 되고 싶은 강아지.
만화에 나오는 레시피를 따라 요리하는 게 취미야.
열에 아홉은 실패하지만 별로 개의치 않지.
이 세상의 주인공이 '나'라고 믿는 맘마에게
작은 시행착오는 문제도 아니거든.
실패는 성공의 어머니라는 말도 있잖아!

난 초지일관 쉐프가 꿈이었어.
그치만 처음엔 한식 쉐프,
그다음엔 중식... 일식... 양식...
파티쉐...로 변했던 것 같아!
지금 꿈은 뭐냐고?
당연히 저걸 다 잘하는
슈퍼울트라 짱 쉐프지.

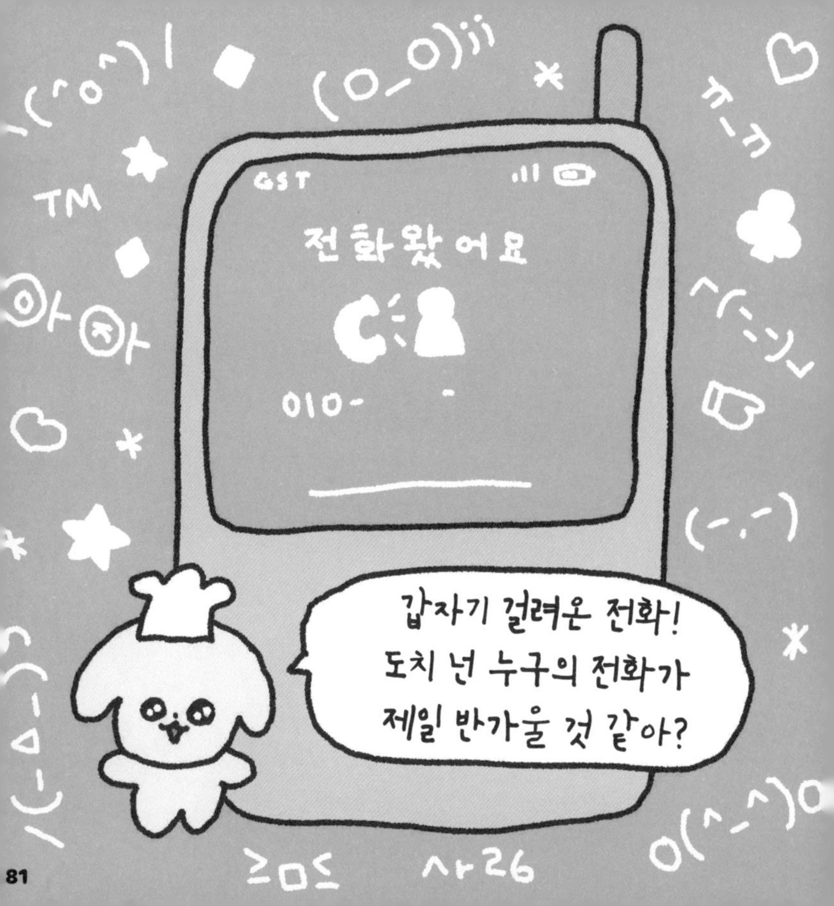
GST
전화왔어요
010-
갑자기 걸려온 전화!
도치 넌 누구의 전화가
제일 반가울 것 같아?

빠져든다... 빠져들어... 처음엔 관심 없었는데 스며든 것이 있어?

만약 도치 너의 인생이 한 권의 소설 책이라면,
마지막 한 줄은 뭐라고 적혀 있을 것 같아?

난... 마지막까지
내가 사랑하는 친구들,
가족들과 함께!!!!!
나의 모든 것을 나누고 싶어!
그리고 요리는 내 인생에서 빠질 수 없으니까
난 이렇게 적혀 있으면 좋겠다!!

마지막 음식까지 모두 함께 맛있게 나눠 먹었어요.

-끝-

28

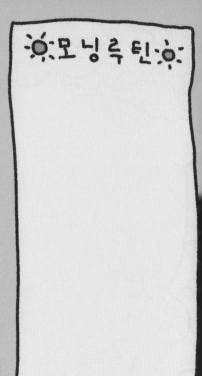

도치야! 난 초능력을 가질 수 있음
투명인간이 되고 싶어!
그러면 내가 무언가 실수하더라도
아무도 못 알아채겠지?! 헤헤
난 모두에게 완벽해 보이고 싶단 말이야~~!!
도치야 네가 만일
단 한 가지의 초능력을
가질 수 있다면
무엇을 갖고 싶어?

만일 전생이 있다면 도치 넌 어떤 모습이었을까?

29

도치 너의 전투력이 상승하는 순간은 언제야?

97

도치 너도 알고 있지만 늘 반복하는 실수가 있어?

ㅅㅅㅅ

앗!
실수~!

최근에 도치 네가 했던
가장 최고의 선택은 뭐야?

최고의
선택

쫄었
다

99

30

도치 네가 영화 <트루먼 쇼>의 주인공이 된다면?

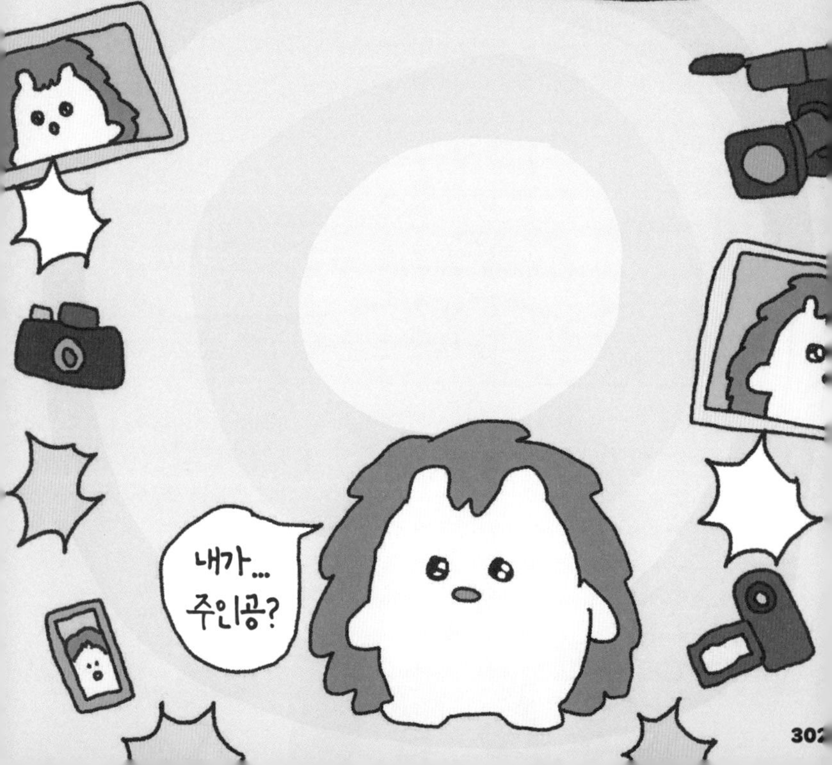

도치 네가 잘 안다고 생각했던 상대가
낯설게 느껴졌던 적 있어?

귀신, 벌레, 높은 곳 등등...
도치 네가 유난히 무서워 하는 건 뭐야?

일초에 한 번씩 시계를 볼 만큼
시간이 빨리 지나가길 바랐던 적 있어?

30

도치 네가 생각하는 완벽한 하루는 어떤 모습이야?

월   일   날씨

PERFECT

314

벚꽃이 피면 도치 너에게
떠오르는 추억이 있어?

15

코끝이 찡할 만큼 도치 너의 마음이 벅차올랐던 순간은 언제야?

나, 정말 꼭 성공해보고 싶은
요리가 있었거든!
풍신풍신하고 동글동글한 팬케이크...
맛있지만 모양도 정말 멋지지 않아?
내가 만든 팬케이크는 항상 납작하고
못나서 평생 멋진 팬케이크는
못 만들 줄 알았는데
얼마 전에 거의 성공했어!
정말 눈물이 코끝까지
차올랐었다구~!!

31

체육 VS 음악

어떤 수업을 더 좋아했어?

도치 넌 아르바이트 해봤어? 최악의 아르바이트는 뭐였어?

32

친구와 도치 네가 좋아하는 사람이 같다면,
도치 넌 어떻게 할 거야?

도치 네가 같이 살아 보고 싶은 특이한 동물 있어?

27

도치야 너무 슬픈데 웃음이 픽 나왔던 적 있어?
언제야?

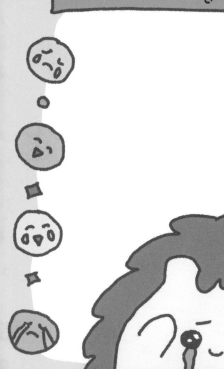

도치 네가 유명해진다면 어떤 걸로 유명해지고 싶어?

도치신문

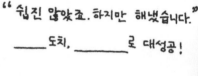

"쉽진 않았죠. 하지만 해냈습니다."

_____ 도치, _____로 대성공!

도치 네가 '조금 더 빨리 알았으면 좋았을 걸'이라고 생각했던 거 있어?

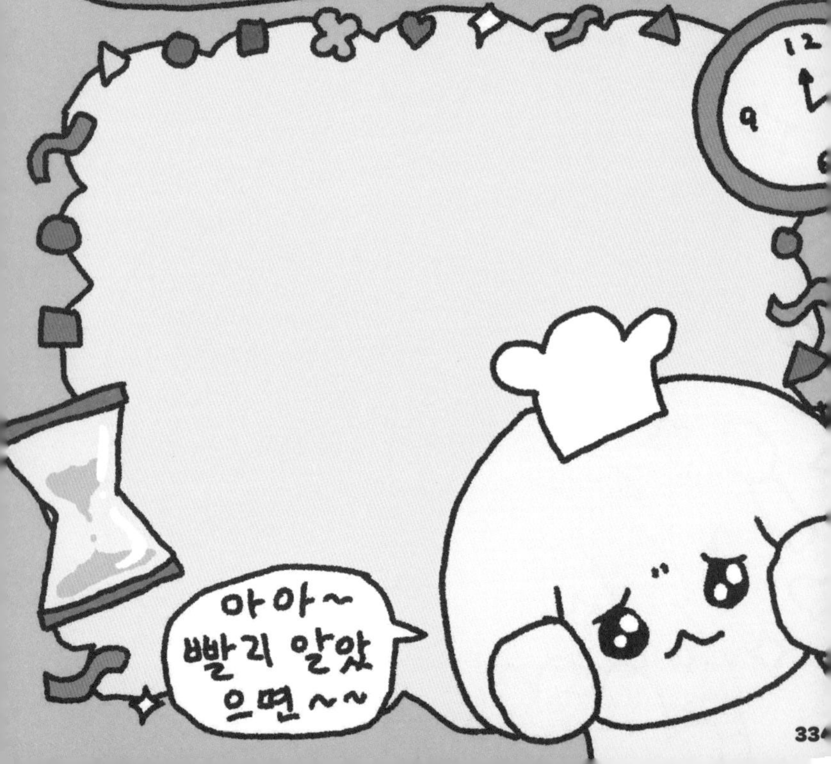

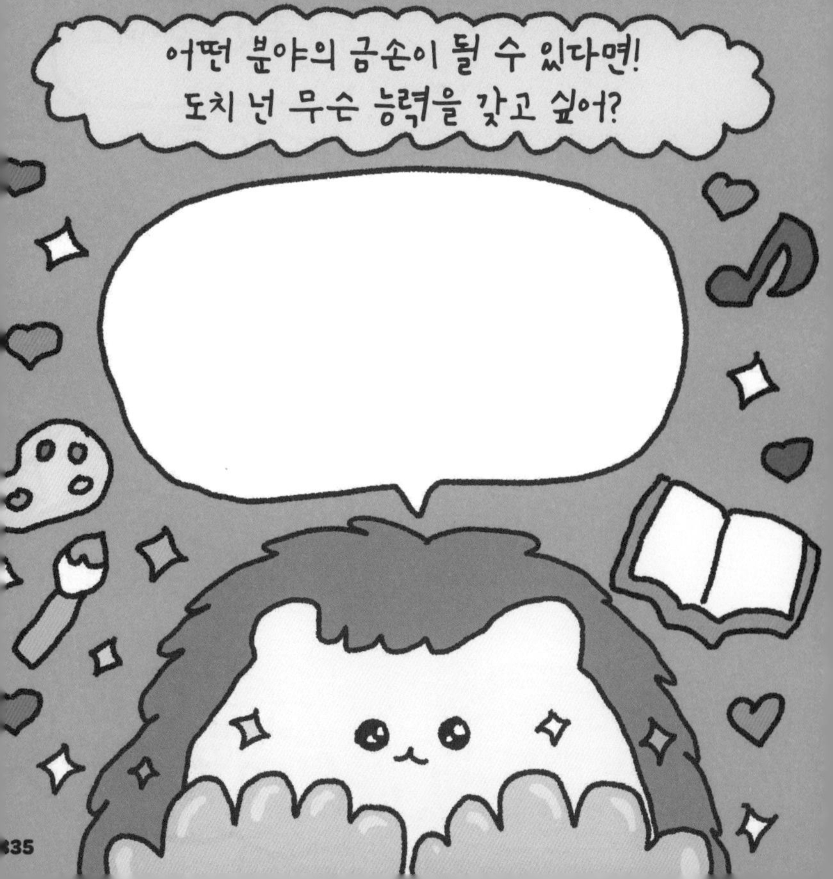
어떤 분야의 금손이 될 수 있다면!
도치 넌 무슨 능력을 갖고 싶어?

도치 너의 눈에 정말 멋있어 보이는 사람은
어떤 모습이야?

○○

진짜
멋있다..

도치 네 친구들 사이에서 유행하는 게 있다면?

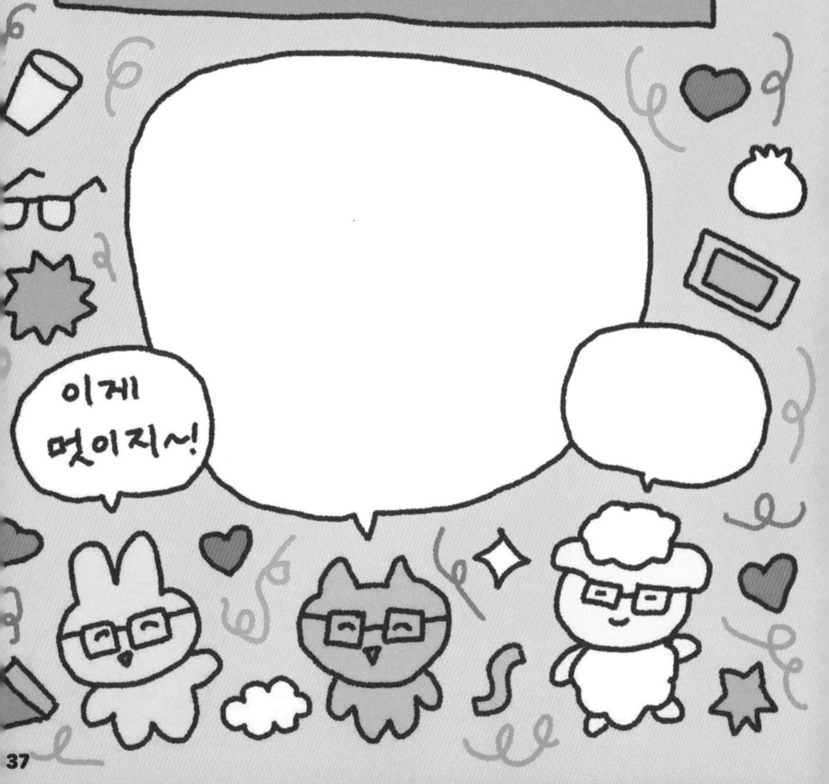

누군가에게 도치 너를 맞추기 위해 노력했던 적 있어?

도치 넌 누군가를 용서한 적 있어?
용서했다는 건 어떤 걸까?

괴짜 중의 괴짜! 도치 네가 아는 가장 독특한 사람은 누구야?

45

34

길을 걷던 중 우연히 주운 열쇠가 알고 보니 어떤 문이든 열 수 있는 마법의 열쇠였다! 도치 넌 어디로 향할래?

우와 짱!

10년 후의 도치 넌 오늘을 어떻게 기억했으면 좋겠어?
10년 후
아~ 그때~!!!
하루 종일 실수만 하는
강쥐라 조금 슬펐었어...
근데 덕분에 10년 동안
똑같은 실수는 안 했지~
나 참! 정말 아무것도
아닌 걸로 슬펐었네?

시간이 지나면 정말 모두 잊어버리게 되는 걸까?
도치 넌 잊힘에 대해 뭐라고 생각해?

날 잊지마..

도치 너만 진심이라 서운했던 적 있어?

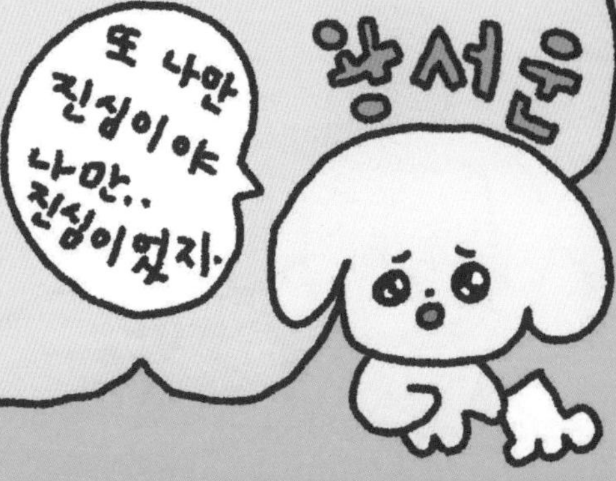

누군가 도치 너를 이유없이 미워한다면
어떻게 대응할 거야?

용서
못해!

도치야 어떻게 하면 더 행복할 수 있을까?

35

만약 세상에 없는 약을 개발할 수 있다면,
도치 넌 어떤 약을 만들 거야?

이 약은

도치 너와 케미가 가장 좋은 친구는 누구야?